LE
TOUR DE FRANCE

PAR

MARIE DE GRANDMAISON

ILLUSTRATIONS DE J. MAUREL ET P. WEBER

PARIS

LIBRAIRIE DE THÉODORE LEFÈVRE ET Cie

ÉMILE GUÉRIN, ÉDITEUR

2, RUE DES POITEVINS

LE TOUR DE FRANCE

ILE-DE-FRANCE, PICARDIE, FLANDRE ET ARTOIS

Marcel et Robert, ayant obtenu de nombreux prix, ont reçu en récompense chacun une bicyclette. Leur joie a été grande, et ils ont aussitôt demandé à étrenner ce véhicule en faisant sur lui un tour de France.

Leur mère commença par jeter les hauts cris, trouvant que Robert, qui n'avait que treize ans, était trop jeune pour entreprendre un pareil voyage ; mais Marcel, qui en avait seize, se sentait un homme et promettait de protéger son frère.

Le père des lycéens donna son consentement au projet ; et la mère elle-même finit par préparer la petite valise qu'on devait emporter.

Les deux frères partirent donc de la maison qu'ils habitaient aux environs de Paris, après avoir reçu les recommandations paternelles et les souhaits de bon voyage de leur petite sœur qui, les voyant passer sur la grande route, agitait encore son mouchoir, pour répondre au salut empressé de son aîné.

Il avait été convenu que les jeunes voyageurs iraient d'abord à *Paris* : ils voulaient commencer leur grand tour par la capitale de la France. Ils se rendirent sur le parvis Notre-Dame, pour saluer cette magnifique cathédrale, merveilleux monument qui, dans un art incomparable, résume toute l'histoire des siècles passés, écrite pour ainsi dire dans la pierre par les plus habiles sculpteurs.

Ils virent aussi le Palais de Justice, la Sainte-Chapelle, construite sous Louis IX, le Panthéon, élevé à la

LE DÉPART.

mémoire des grands hommes, l'Hôtel de Ville, si magnifiquement réédifié après les malheurs de la Commune ; et tout ce qui leur sembla présenter un intérêt du dehors, le bicycliste étant comme le cavalier qui ne va qu'où peut entrer sa monture.

Le plan des jeunes explorateurs était de partir vers le Nord, puis de redescendre la côte en suivant les contours des mers et de l'océan Atlantique, sans se faire faute de zigzaguer dans l'intérieur, quand quelque curiosité signalée par la géographie les y attirerait.

C'était donc un voyage de pure fantaisie, entrepris pour le seul agrément des yeux et de l'esprit : cela ne pouvait manquer d'être amusant.

De Paris, ils allèrent d'abord à *Compiègne,* traversant la forêt aux doux ombrages pour pénétrer jusqu'à *Pierrefonds,* afin d'admirer le splendide château reconstruit nouvellement, comme étant le plus magnifique modèle des habitations seigneuriales pendant la féodalité.

De là, gagnant par *Soissons,* la patrie des haricots, ce petit coin de la Picardie qui s'appelle la Thiérache, et qui n'a de curieux, comme la Picardie même, que ses plaines vertes, ses vanneries et ses filatures, ils arrivèrent dans la Flandre.

— Ah ! s'écria Robert, c'est ici, je crois, qu'on fabrique cette fine toile dans laquelle une princesse du moyen âge souhaitait coucher, comme si c'eût été chose extraordinaire.

— Eh ! mais, répondit Marcel, la toile était rare à cette époque : on commençait seulement à en confectionner des chemises.

— En quoi donc étaient les autres ?

— Il n'en existait pas ; tu sais bien que ce n'est pas avant le xiie siècle, que nos aïeux portèrent ce vêtement dont les Anglais n'osent encore dire le nom qu'en rougissant.

— Je comprendrais plutôt qu'on rougît de n'en pas mettre, dit Robert. Celles de cette princesse devaient être bien garnies, car ce pays est aussi, n'est-ce pas, celui de la dentelle?

— En effet, répondit Marcel, les guipures de Flandre, et surtout les dentelles de *Valenciennes*, furent longtemps les plus recherchées. On raconte, à ce propos, un fait assez curieux, c'est que la véritable valenciennes ne pouvait être fabriquée que dans son pays : une même ouvrière emportant son même métier à quelques lieues de distance, ne produisait plus un travail aussi parfait. Cela tenait, dit-on, à l'eau dans laquelle se trempaient les fils. Quant à en garnir le primitif vêtement dont tu parles, c'eût été difficile ; c'est seulement cinq siècles plus tard, qu'on commença le travail de la dentelle, encore était-il si grossier qu'il ne pouvait servir qu'aux ornements d'église. C'est à *Alençon* que fut établie la première manufacture de dentelles. Nous y passerons, quand nous serons en Normandie. Quittons en ce moment le noir pays d'*Anzin*, si important pour l'extraction de la houille et qui semble la continuation de la ville de Valenciennes. Nous pourrons monter jusqu'à *Lille*, la capitale de la Flandre, qui est avec *Roubaix* et *Tourcoing* un si grand centre manufacturier de tissus; puis, nous irons à *Dunkerque* saluer la statue du célèbre marin Jean Bart; et, traversant l'Artois, nous viendrons à *Calais*....

— Nous embarquer pour l'Angleterre ? demanda plaisamment Robert.

— Pourquoi pas ? dit Marcel, nous attendrons toutefois le perfectionnement des bateaux-vélocipèdes.

— Cela viendra bien un jour : on voit tant de choses étonnantes de notre temps !

NORMANDIE ET BRETAGNE

Après leur visite à Calais, où Marcel se prétendit hanté par l'histoire d'Eustache de Saint-Pierre et de ses compagnons se dévouant pour sauver leur ville, les petits voyageurs étaient revenus, par le joli port de *Boulogne*, jusqu'à *Amiens*, capitale de la Picardie, voir la magnifique cathédrale. Là, Marcel avait dit à Robert :

— Sais-tu, *frérot*, ce qu'il faudrait prendre en fait de cathédrale, pour faire un édifice parfait ?

— Non, répondit Robert.

— On dit généralement la nef d'*Amiens*, le chœur de *Beauvais*, la flèche de *Chartres* et le portail de *Reims*.

— Nous les verrons toutes, si tu veux ?

— Ce sera facile, d'autant plus qu'elles sont assez peu éloignées de Paris : *Beauvais*, dans l'Ile-de-France même, *Chartres*, dans l'Orléanais, et *Reims* en Champagne, où je te promets aussi du bon vin.

—J'accepte ; mais notre itinéraire porte, je crois, d'abord, la Normandie ?

— Puis la Bretagne.

— Quelles riches provinces !

— C'est bien vrai ! On trouve de tout dans ce coin de la France : des plaines, des vallées fertiles produisant toutes sortes de grains, lin, chanvre, colza ; des pâturages magnifiques qui nourrissent des chevaux, des bœufs, des moutons et autres animaux très estimés ; des collines boisées abritant des mines de fer, de houille et du rouge cinabre dont on extrait notre vermillon, etc. Si la Normandie n'a pas de vignes, elles sont bien remplacées par les jolis pommiers qui ont le double avantage d'embellir les prairies normandes et de fournir à la consommation des habitants ce délicieux cidre, apprécié de tant d'amateurs.

— Tu ne parles pas des ports de mer, répliqua Robert.

— Ils sont des plus importants : vois le *Havre,* c'est le second pour le commerce; et il est impossible de ne pas admirer ses vastes bassins où abordent les plus grands navires. De même, à *Cherbourg*, l'un de nos cinq ports militaires. Et tout le long de la côte, combien de pêcheries remarquables?

—A *Dieppe* surtout, je crois?

— Et à *Fécamp*, à *Honfleur*, au *Tréport*, à *Saint-Valery-en-Caux*, sur toute la côte enfin.

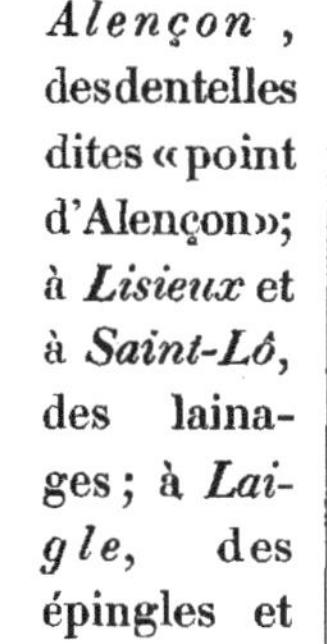

On peut dire que chacune des petites divisions de cette fertile Normandie est une source spéciale de commerce ou d'industrie. Ici, c'est *Rouen*, le port marchand si connu, qui fabrique des toiles de coton, ou, pour mieux dire, des *rouenneries*, et renferme de si belles églises, si richement sculptées. Là, on pense au grand Corneille qui y naquit et à la pauvre Jeanne d'Arc qui y fut brûlée vive.

A *Gisors*, à *Vimoutiers*, ce sont aussi des indiennes; à *Elbeuf* et à *Louviers*, des draps; à *Pont-Audemer*, des tanneries; à *Flers*, des coutils et du linge de table; à *Argentan* et à *Alençon*, des dentelles dites «point d'Alençon»; à *Lisieux* et à *Saint-Lô*, des lainages; à *Laigle*, des épingles et des aiguilles; à *Falaise*, des teintureries et des bonneteries; à *Isigny* et à *Gournay*, du beurre renommé; à *Camembert*, à *Livarot*, à *Pont-Lévêque*, des fromages de choix, etc.

Que de fois on a entendu citer les foires de *Bernay*, de *Guibray* et d'*Yvetot*!

— Et puis le roi, interrompit Robert.

— Ah! oui! celui de la chanson:

Il était un roi d'Yvetot
Peu connu dans l'histoire,
Se levant tard, se couchant tôt,
Dormant fort bien sans gloire....

ILE-DE-FRANCE. PICARDIE. FLANDRE. ARTOIS. NORMANDIE. BRETAGNE.

— Je n'ai jamais su la suite.

— Moi non plus, dit Marcel ; mais ce que je sais, c'est que la Normandie n'a pas fait comme ce roi : elle n'a pas dormi sans gloire, puisque ses petites localités d'*Arques* et d'*Ivry* ont connu les victoires d'Henri IV. Elle a vu naître Guillaume le Conquérant, dont *Caen* renferme le splendide tombeau et *Bayeux* les glorieux souvenirs, sur une célèbre tapisserie dite de la reine Mathilde.

— Il me semble, répliqua Robert, que la Normandie produisit encore d'autres grands hommes ?

— Certainement ! et elle renferme aussi de bien curieux monuments des époques anciennes, tant en églises qu'en palais divers.

— On voudrait les admirer tous.

— Voyons toujours les ruines de l'aqueduc romain de *Coutances,* le célèbre monastère de *la Trappe,* aux environs de Mortagne ; puis, nous entrerons en Bretagne par la fameuse abbaye du *Mont-Saint-Michel.*

Cette abbaye est une merveille. On l'appelle souvent *Péril en mer,* parce que deux fois par jour elle est com-plètement entourée par l'Océan qui, en la séparant ainsi de la terre ferme, semble chercher à l'engloutir.

Combien les jeunes bicyclistes furent impressionnés de cette vue ! Elle était bien faite pour les préparer aux âpres beautés de la Bretagne, avec ses monuments naturels en *pierres levées,* qu'on appelle tour à tour des *dolmens* ou des *menhirs,* selon qu'ils se présentent en forme de tables ou de pyramides.

Un jour, en arrivant près d'un de ces derniers, les voyageurs aperçurent une jeune Bretonne qui gardait des canards. Marcel n'avait aperçu ni la paysanne ni sa troupe. Absorbé par le spectacle de l'admirable « pierre levée », il répétait à haute voix ces vers d'un poète breton :

Silencieux menhirs, fantômes de la Lande,
Avec crainte et respect dans l'ombre je vous vois.

Robert y coupa court par un franc éclat de rire.

— Qu'as-tu ? demanda Marcel.

— C'est le contraste, dit Robert : au moment où tu déployais tant de pompe en ton langage, j'ai vu ces canards manquer si complètement de respect au monument druidique, que je n'ai pu tenir mon sérieux.

Ce petit incident égaya les deux frères, au milieu du sévère paysage.

Les jours suivants, ils contournèrent le littoral si accidenté, avec ses découpures de rocher, souvent rudes, des Côtes-du-Nord, de la pointe du Finistère, du Morbihan, etc., pour voir tour à tour, après *Rennes*, la célèbre capitale, les villes curieuses de *Saint-Malo*, gardant les restes de Chateaubriand au milieu des flots, de *Saint-Brieuc*, de *Lannion*, de *Guingamp*, etc., la magnifique rade de *Brest*, autre port militaire ; puis, toute cette série d'anses et de criques allant jusqu'à la Loire, et que la pêche du saumon, de la sardine et le commerce des huîtres rendent si productive.

De *Nantes*, le port au magnifique bassin, et qui fut jadis la résidence des ducs de Bretagne, les excursionnistes entrèrent dans le Poitou par le Bocage vendéen.

— Ce n'est pas très beau, *Poitiers* dit Robert en entrant dans la capitale du Poitou.

— Parce que c'est une ville an-cienne, répondit Marcel, qui fut même habitée par les Romains. Elle doit te rappeler Charles-Martel.

— Oh, certes ! et les Sarrasins qu'il écrasa, dit mon histoire de France, « comme le marteau brise le fer », d'où lui vient son surnom.

— C'est encore aujourd'hui une ville connue pour la culture des belles-lettres.

— On dit que tu brilles aussi par là, répondit Robert.

— Je pense, riposta l'aîné, que tu veux me *raser*, comme nous disons au collège. Attends que nous arri-vions à *Châtellerault* ; tu pourras trouver, dans la manufacture de cou-tellerie, un instrument convenable.

— C'est vrai ! fit Robert en riant, nous en approchons. On y fabrique aussi des armes, je crois ?

— Oui, et cela s'explique en un pays qui se trouve placé entre les deux écoles militaires de *Saint-Maixent* et de *Saumur*.

Après cette dernière visite qui intéressa ces futurs soldats, Robert dit à son frère :

— Si nous allions acheter des mouchoirs à *Cholet*, il me semble que la toile en est renommée ?

— Oui, dit Marcel, tout comme les gants de peau le sont à *Niort ;* mais cela nous écarterait trop de notre route, je voudrais arriver avant la nuit à la Ville Noire.

— Qu'appelle-t-on ainsi ?

— La capitale de l'Anjou, *Angers*.

— Pourquoi ce nom ?

— Parce qu'elle est couverte en ardoises, provenant des carrières de *Trélazé* qui sont voisines.

Le lendemain, quand on parla de se remettre en route, Robert de-manda :

— Est-ce aujourd'hui que nous allons au *Mans ?*

— Qu'y veux-tu voir ? La belle

cathédrale de Saint-Julien, peut-être?

— Oh! vraiment, non. Je n'y pensais guère, répondit le cadet en riant ; mon désir était moins noble : je pensais simplement à goûter une de ces délicieuses volailles dites poulardes du Mans, qui sont si renommées.

—Tu deviens donc gourmand ?

— Eh ! à tant voyager, on gagne de l'appétit.

— En ce cas, il vaudrait mieux aller à *La Flèche;* le commerce des volailles grasses y est plus actif et nous verrions en même temps le *Prytanée militaire*, où tu penses venir un jour.

La cause fut entendue; on convint qu'on irait déjeuner à La Flèche.

Un peu avant d'arriver, une scène frappa les jeunes voyageurs : dans un petit coin charmant des bords du Loir, quelques enfants faisaient la dînette sur l'herbe et découpaient précisément un de ces fameux volatiles si enviés de Robert.

— Oh! oh! dit celui-ci, voilà qui nous donne un avant-goût des délicieux produits que nous allons savourer. Et ces fruits, que le petit serveur apporte dans une corbeille, les vois-tu, Marcel ? Sont-ils assez beaux et assez appétissants !

— En effet, ce serait le cas de dire : « On en mangerait ! » Mais patience, nous en aurons bientôt de plus beaux encore, car, en quittant La Flèche, nous ne tarderons pas à entrer dans cette merveilleuse contrée qui a été si justement nommée « le Jardin de la France ».

— Ah! oui, la Touraine.

— Tu l'as dit ; là se rencontrent

POITOU. ANJOU. MAINE. ORLÉANAIS. TOURAINE. BERRY.

les sites les plus variés et les vallées les plus charmantes, où la Loire, le Cher, l'Indre, la Vienne, la Creuse donnent leurs délicieux poissons et leur fraîcheur fertilisante ; là se trouvent, à côté des fruits les plus renommés, tous les produits imaginables de l'industrie. On y fabrique des draps, des tapis, de l'ouate, des soieries, des passementeries, de la faïence, de la poterie bronzée, des cordes à violon, des bougies, des cuirs, de l'amidon et des vins. Il s'y trouve des teintureries, des corroieries, des imprimeries.

— Allons, dit Robert, je vois que *Tours* n'est pas seulement la patrie des pruneaux.

— Loin de là ! et je t'avoue que je suis plus frappé encore par les souvenirs historiques de cette riche contrée que par ses productions ; car nous sommes entourés de châteaux qui, tous, ont eu un renom dans l'histoire.

— Tu penses à Louis XI et à son castel de *Plessis-lès-Tours*.

— Et à bien d'autres.

— A *Amboise*, peut-être ? Tu m'as promis que nous grimperions en vélocipède jusque sur sa terrasse.

— Pourquoi pas, puisque les remparts de son château sont si larges qu'on y monte en carrosse.

— Quels châteaux vois-tu encore ?

— Je vois *Chinon*, maintenant en ruines ; *Loches*, où Louis XI avait établi une prison d'État ; *Chenonceaux*, bâti par François Ier ; *Richelieu*, qui rappelle le cardinal du même nom. Et un peu plus haut, dans l'Orléanais, le magnifique château de *Chambord*, ceux de *Sully* et de *Blois*.

— Cela forme une jolie collection.

— A la vue de ces monuments si pleins de souvenirs, ma pensée se les figure habités. Je revois, passant sur un de ces ponts-levis ou sous une de ces portes à gracieuses tourelles, tout un défilé des seigneurs de la cour de François Ier ou de Henri II, allant visiter leur souverain, ou se rendant en pompe à quelque assemblée des États généraux, comme il s'en tint si souvent à Blois ou à Tours. Et ce spectacle me semble superbe.

— Ton imagination embellit les choses.

— N'est-ce pas le grand charme de l'histoire, de nous permettre de revivre ainsi dans les siècles passés ? C'est ce qui fait que ceux qui étudient voient mieux et avec plus de profit.

— Un petit conseil que tu me donnes en passant, n'est-ce pas, dit Robert, j'en profiterai, je t'assure.

. . . . .

— Pour entrer dans le Berry, passerons-nous par la Sologne ? demanda Marcel à son frère, lorsqu'ils eurent exploré la Touraine et les points importants de l'Orléanais.

— A quoi bon, puisque le sol y est ingrat, dis-tu, et rempli de marais.

— Ce serait dans le cas où tu désirerais savourer quelque cuisse d'oie que les ménagères de ce pays excellent à conserver dans la graisse.

— N'en prépare-t-on que là ?

— Oh ! un peu partout dans le Berry, je crois, car les fermiers de ce pays ne sont pas riches et s'appliquent à élever ces volatiles, quelques vaches et quelques moutons.

— Allons donc tout droit visiter *Bourges*.

— C'est une ville très ancienne et très curieuse, répondit Marcel. Elle contient une belle cathédrale, un hôtel de ville remarquable, et aussi la maison de Jacques Cœur, le célèbre argentier de Charles VII, si riche, qu'il pouvait prêter de l'argent au roi.

NIVERNAIS, BOURBONNAIS, MARCHE, AUVERGNE ET LIMOUSIN

De Bourges à *Nevers*, en bicyclette, la distance n'est pas énorme, et les jeunes voyageurs voulurent voir la capitale du Nivernais qui est en même temps la patrie des faïences et des émaux estimés. Ils allèrent de là, à quelques kilomètres, visiter les hauts fourneaux et les magnifiques forges de *Fourchambault* et d'*Imphy*, et cela leur donna l'idée de les comparer à celles de *Commentry* où ils se rendirent ensuite en passant par *Moulins*, capitale du Bourbonnais.

Marcel prétendit que Robert pourrait renouveler dans cette ville le rasoir de Châtellerault, usé à coup sûr, ajoutait-il, s'il s'en était servi pour couper sa moustache qu'on n'apercevait pas encore.

Robert trouva qu'il avait vu assez de coutellerie, et qu'il préférerait aller à *Vichy* ou à *Néris* pour prendre un bon bain d'eaux minérales.

— J'accepte, répondit Marcel. Néris me semble plus pratique, si nous voulons entrer dans la Marche.

— Oui, oui ! nous le voulons, riposta Robert ; il faut avoir mis nos roues dans le plus de provinces possible, et nous ne pourrions passer aussi près d'*Aubusson*, sans visiter au moins sa manufacture de tapis qui est toujours *royale*, dit-on, par sa beauté.

— C'est là une bonne pensée qui ne retardera pas trop notre entrée en Auvergne puisqu'Aubusson n'est pas éloigné de la frontière de ce dernier pays.

— Nous ne passerons pas à *La Palisse?* demanda encore Robert.

— Tu désires acheter du chanvre ?

— Peut-être une corde pour pendre mon grand farceur de frère.

— Oh ! oh ! fit Marcel, je vais avoir peur ! Enfin, qu'est-ce qui t'attirerait à La Palisse ?

— Le souvenir et le vieux château du maréchal à la spirituelle chanson :

Monsieur de La Palisse est mort,
Mort devant Pavie.
Un quart d'heure avant sa mort,
Il était encore en vie.

— Désires-tu faire comme lui?

— Mourir devant Pavie? ce n'est pas utile, répondit le jeune collégien, mais être en vie tant que je ne serai pas mort, je crois qu'il me serait difficile d'empêcher cela.

— Allons, reprit l'aîné, nous devenons naïfs; on voit que nous approchons du pays des vieilles légendes si facilement accréditées.

— Ah! l'Auvergne! Pourquoi les gens de ce pays sont-ils si crédules?

— Parce que, reprit Marcel, ce sol volcanique offre les aspects les plus bizarres et que l'esprit se prête aisément au merveilleux, quand la nature qui vous environne est, elle-même, une incroyable merveille.

— Des volcans! fit Robert, en Auvergne!

— Ne sais-tu pas que la plus grande partie des nombreuses montagnes qui couvrent ce pays sont des volcans éteints.

— Ah! éteints, cela me rassure!

— S'ils étaient encore en activité, on ne verrait pas les fermières, ou *buronnières,* conduire si tranquillement paître leurs troupeaux sur les monts élevés, en filant leur quenouille.

— Alors on élève beaucoup de vaches en Auvergne?

— *Eh chan doute,* comme dit l'Auvergnat, *pour faire ches bons fromages qui chont la renommée* du Puy-de-Dôme et du Cantal. *Clermont* et *Ferrand,* deux villes autrefois qui aujourd'hui n'en forment plus qu'une, sont bâties en lave ou matière sortie de volcans, de même *Riom* qui possède dans ses environs une carrière de ces belles pierres basaltiques dont on fait de si superbes trottoirs.

— Tu me donnes envie d'y rouler.

Marcel et Robert furent ravis du spectacle que leur offrait l'aspect des montagnes de ce plateau central où souvent on apercevait, à côté de masses nues et granitiques, les coteaux verdoyants où s'étageaient de rustiques chalets pour la manipulation du laitage. Par-ci par-là, quelque ruine d'un antique château venait rappeler les grands jours de l'Auvergne et embellir encore le paysage déjà si grandiose.

— N'est-ce pas près de Clermont,

NIVERNAIS. BOURBONNAIS. MARCHE. AUVERGNE. LIMOUSIN.

demanda Robert, qu'existe cette fontaine qui a la propriété de pétrifier tous les objets qu'on y laisse tremper?

— Parfaitement! c'est Saint-Allyre, où des pêches, des oranges, des grappes de raisin, des chardons, des petits sujets de fantaisie deviennent aussi blancs et aussi durs que s'ils avaient été taillés dans l'albâtre. On voit aussi des tableaux faits par l'eau cristallisante seule, tombant dans des moules.

— Cette propriété est bien extraordinaire.

— En effet, aussi n'existe-t-elle nulle part ailleurs; et je crois que nous ferions bien d'y choisir pour notre sœur un petit objet qui prouverait que nous avons pensé à elle.

— Ce serait mieux, à coup sûr, que de lui porter un chaudron d'*Aurillac* ou de *Chaint-Flour*.

— Ne médis pas de ce pays, tu pourras y voir des choses qui te plairont et peut-être même y faire, dans quelque foire, l'acquisition d'une mule pour remplacer ta bicyclette.

— Merci bien, fit Robert, je ne gagnerais pas au change comme vitesse.

Quoi qu'il en soit, le jeune garçon fut satisfait de l'aspect de Saint-Flour, planté sur son rocher basaltique, dont il demanda à faire l'ascension. C'était plus dur en *vélo* qu'à dos d'âne. Mais les deux frères furent dédommagés par un spectacle attrayant entre tous : il y avait fête aux abords de la ville et il s'y dansait, au son d'une cornemuse, la *bourrée* la plus animée que l'on eût jamais pu rêver. Quel plaisir de voir s'agiter ainsi, en frappant tour à tour des mains et des pieds, ces braves Auvergnats en costumes traditionnels et chaussés de leurs sabots! Nos spectateurs auraient eu envie de les imiter si de nombreux tours de roues n'avaient un peu fatigué à l'avance leurs pauvres jarrets.

De là, ils descendirent à *Chaudes-Aigues*, à cinq lieues de distance et présentant cette singularité, d'avoir des eaux thermales si chaudes que les habitants s'en servent en hiver pour chauffer leurs maisons.

— C'est vraiment une contrée fort intéressante que l'Auvergne, dit alors Robert, et je doute que le Limousin nous offre autant d'attraits.

— Le Limousin a aussi ses mérites : *Limoges* est une grande ville, très industrielle, où l'on trouve des porcelaines et des émaux renommés dans le monde entier. Et puis tu sais bien que c'est près de cette ville qu'on découvrit, au siècle dernier, la substance qui permet d'entreprendre à la manufacture de Sèvres la porcelaine dure dont la perfection n'a été surpassée par aucun autre établissement européen.

— Quoi, le kaolin?...

— ... Vient de *Saint-Yrieix,* non loin de Limoges.

— N'est-ce pas aussi de ce pays qu'on tire nos meilleurs marrons.

— Je vois avec plaisir que tu as la reconnaissance de l'estomac.

— Oui, je me rappelle que, lorsque j'allais à l'école, je rencontrais l'échoppe du père Jacques, me disant : « Marrons de Limoges, marrons tout chauds! » et que je lui en achetais.

— Sais-tu aussi que c'est du Limousin qu'arrivent nos plus habiles maçons?

— En effet, celui qui a bâti notre maison de campagne était originaire de *Rochechouart*.

— Ah! de Rochechouart! répéta Marcel, qui tire son nom de ce qu'elle est bâtie sur un rocher qu'on dirait suspendu en l'air et prêt à *choir.*

— C'est une origine amusante, je suis content de la savoir!

ANGOUMOIS, SAINTONGE, GUYENNE, GASCOGNE ET BÉARN

Vive Henri IV !
Vive ce roi vaillant !

Chantonnait un matin Robert, en remontant sur son coursier de fer, après avoir été reposé par une bonne nuit.

— Comment! s'écria Marcel, tu te crois déjà dans la patrie d'Henri IV?

— N'approchons–nous pas du Béarn?

— Attends un peu, à moins que tu ne veuilles traverser à vol d'oiseau la plus grande de nos provinces.

— Ah! c'est vrai! que je suis étourdi, j'oubliais la Guyenne !

— Avec la *Gassecogne*, comme disent les habitants. Elles composent à elles seules presque une douzaine de nos départements, tu n'y vas pas de main morte dans tes mutilations.

— J'ai pourtant toujours eu le plus vif désir de connaître Bordeaux.

— N'aimerais-tu pas, auparavant, faire un petit crochet dans l'Angoumois et la Saintonge et visiter d'abord *Angoulême*, sur sa colline dont la Charente baigne le pied?

— Et qui fabrique de si beaux papiers, approuva Robert. Certes nous devons y aller, et puis aussi goûter la bonne eau-de-vie de *Cognac*.

— Dans la patrie de François Ier, ajouta Marcel.

Je suis sûr, continua-t-il, que tu voudras encore, toi qui aimes les bonnes choses, savourer quelque délicieuse terrine de *Ruffec*, soit en pâté de foie, soit en gibier truffé.

— Le fait est que c'est tentant. Il y a donc des truffes dans ces provinces?

— On trouve un peu de tout dans les Charentes, des truffes, puis des grains, des céréales de toutes sortes, du colza, des châtaignes, des oranges, une foule d'autres fruits et d'excellentes huîtres de *Marennes*.

— Oh oui! je connais leur réputation.

— Les vins et les brûleries d'eau-de-vie y sont l'objet d'un commerce important, ainsi que le chanvre et le fer qu'on y rencontre en roche et en grains ; et le plomb, le plâtre, les pierres de taille, etc.

— Je ne croyais pas ce pays si riche.

— Tu savais cependant qu'il contient deux de nos grands ports : *La Rochelle,* si connue dans l'histoire par le mémorable siège du cardinal de Richelieu et par la digue gigantesque avec laquelle il en fit alors fermer l'entrée ; et puis *Rochefort,* notre troisième grand port militaire.

— Oh ! mais, notre voyage serait incomplet, si nous ne parcourions pas un peu ces départements si importants.

Après des pérégrinations qui durèrent plusieurs jours, les jeunes cyclistes arrivèrent à *Bordeaux,* où ils furent captivés tour à tour par la beauté et l'étendue du port, par l'élégance des quais, par le remarquable pont qui réunit les deux parties de la ville, par les magnifiques promenades et les superbes monuments qu'elle renferme.

— Je ne sais pas, dit Marcel, si aucune activité industrielle est comparable à celle des Bordelais : ils exploitent le tabac, fabriquent du savon, du chocolat, des chapeaux, des liqueurs.

— Ah oui ! interrompit Robert, surtout de l'anisette.

Marcel reprit :

— Ils raffinent du sucre, arment des navires pour la pêche de la baleine, et font de tous leurs produits, et surtout de leurs vins, un commerce immense avec la France, les colonies et l'univers entier.

ANGOUMOIS. SAINTONGE. GUYENNE. GASCOGNE. BÉARN.

— Je crois, n'est-ce pas? que tous les vins du département de la Gironde prennent le nom de vins de Bordeaux.

— Parfaitement; les *Château-Margaux*, *Château-Laffitte* et *Château-Latour* sont produits par le petit pays de Médoc situé au-dessus de Bordeaux; ceux de *Graves* viennent d'un terrain graveleux qui forme à Bordeaux une espèce de ceinture; *Libourne*, à droite, donne les vins de *Saint-Émilion;* et *Bazas*, plus au sud, produit le fameux vin blanc de *Sauternes*.

— Celui pour lequel je serais capable de faire des folies!

— Aussi, dit Marcel, afin de t'en empêcher, nous éloignerons-nous de ces centres productifs pour aller nous reposer sur l'adorable plage d'*Arcachon*.

— C'est donc bien beau ?

— On dit que c'est superbe; d'abord la plage n'a que du sable et elle est unie comme un champ de neige nouvellement tombée. Sur les dunes mêmes est un beau casino, et, disséminées dans les pins, sont bâties de charmantes villas.

— Ce doit être, en effet, un fort agréable séjour.

— Et puis, chose qui a aussi son intérêt pour les gourmets, il y a des parcs d'huîtres tout à fait estimées.

— C'est peut-être une pierre que tu lances dans mon jardin ; tant pis, je la ramasse ; ce ne sera pas trop d'avoir le plaisir de manger de bonnes huîtres, avant d'entrer dans le désert des Landes.

— Le fait est que, de Bordeaux à *Bayonne*, qui nous ouvre le Béarn, nous n'allons guère rencontrer que des marais plus ou moins salants, des plaines sablonneuses et arides, où des troupeaux de moutons cherchent çà et là quelque rare nourriture, conduits par des bergers qui ne peuvent les suivre le plus souvent que grimpés sur des échasses.

— Drôle de situation pour eux !

— Mais ce sera pittoresque pour nous. De temps en temps, quelques forêts de pins et de chênes-lièges couperont la monotonie de notre route ; et puis enfin nous entrerons dans le fameux Béarn.

— Par la patrie de la *baïonnette !*

— Par Bayonne, en effet, laquelle est si bien sur la frontière béarnaise que l'un de ses faubourgs s'étend dans le département des Landes.

— Au risque de paraître glouton, là encore, je veux entamer un produit du pays.

— Un jambon ! Je ne m'y oppose pas, et je serai même prêt à t'en faire tort d'une tranche, vu l'excellence de la préparation.

— Cela s'appelle parler en frère.

— De Bayonne, nous pourrons faire un saut jusqu'à l'admirable plage de *Biarritz,* et aller ensuite aux *Eaux-Bonnes,* puisque nous aimons tous deux les stations thermales, nous contournerons ainsi les Pyrénées.

— Sans y rencontrer d'ours?

— Pas en cette saison ; c'est bon l'hiver. Nous y verrons plutôt quelque chevrier sonnant de la trompe pour rappeler son troupeau égaré dans les rochers. Ce sont ces jeunes montagnards qu'aimait à fréquenter Henri de Bourbon enfant, et c'est parmi cette population aux mœurs simples qu'il acquit les qualités qui devaient le rendre populaire et faire de lui un si bon roi.

— Nous irons bien jusqu'à *Pau* voir le château où il naquit.

— Certes ! nous regarderons même le Gave, torrent sur lequel s'assied la ville, et, si tu le désires, le petit village de *Jurançon,* d'où est tiré l'excellent vin dont on frotta les lèvres du futur Henri IV lorsqu'il vint au monde.

— Je ne demande pas mieux. Tout ce qui me rappelle ce roi si cher à la France me remue le cœur de plaisir.

LANGUEDOC, PROVENCE ET DAUPHINÉ

En sortant du Béarn, nos excursionnistes durent forcément rentrer dans la Gascogne, où Robert déclara qu'il voudrait aller goûter sur place les pâtés et volailles aux truffes de *Périgueux* et de *Sarlat*, réputés les meilleurs de France et revenir ensuite à *Agen* savourer quelques-unes de ces prunes, si bien préparées, dont il faisait ses délices.

— Ne désireras-tu voir que ce qui offre des ressources alimentaires, lui demanda alors Marcel, et la vieille ville de *Montauban*, si propre et si bien bâtie, avec son antique cathédrale et sa porte d'entrée si élégante, ne t'attirera-t-elle pas ?

— Si, si ! répondit Robert, j'ai même l'intention de t'y faire cadeau d'un bonnet de coton venant du cru.

— Fort bien, à mon tour, je t'offrirai quelque chose à *Toulouse*.

— Sera-ce le don de poésie pour me permettre de concourir à l'Académie de la célèbre Clémence Isaure.

— Il n'y a pas que les Jeux Floraux pour rendre Toulouse importante. Elle est, par elle-même, une grande et belle ville possédant des monuments remarquables et aussi un entrepôt commercial entre la France et l'Espagne. Elle prépare de nombreux comestibles et a des fabriques de pâtes d'Italie tout aussi actives que ses fonderies de canon.

— Ce sont pourtant des choses qui ne se ressemblent guère.

— Tout le Languedoc est ainsi fait de contrastes, son climat varie suivant les hauteurs et il est d'une grande fertilité ; il voit croître toutes les plantes du midi dans les lieux bas, et les plus beaux pâturages dans les montagnes. Il récolte des vins renommés, à *Gaillac*, à *Limoux*, et les vins muscats si appréciés de *Lunel* et de *Frontignan*. Puis du miel.

— A *Narbonne!*

— Qui est une ville très ancienne. Parmi les autres du Languedoc, *Montpellier* jouit d'un air très salubre, et *Béziers* est dans une situation si magnifique, qu'on a pu dire : « Si le bon Dieu venait habiter la terre, c'est à Béziers qu'il se fixerait. »

— Il faudra voir ce pays, puis les arènes de *Nîmes* et les autres antiquités romaines de cette ville.

—Certainement ! De là nous gagnerons la Provence qui ressemble à l'Italie, dans certaines parties; les orangers, les citronniers, les mûriers et les oli-

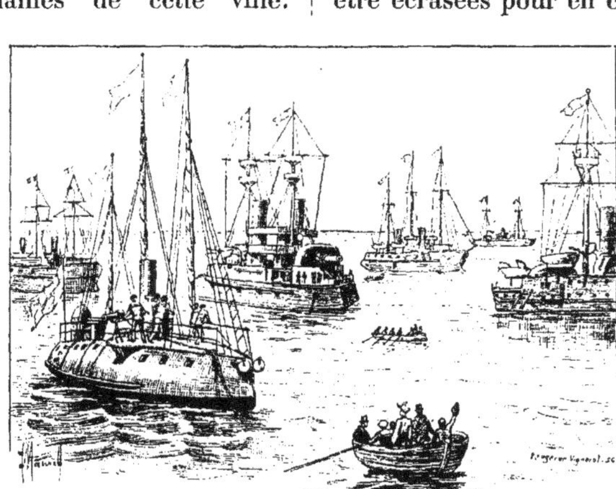

viers y fleurissent et donnent des fruits savoureux.

— Je voudrais bien assister à la récolte des olives, dit Robert.

Il fut servi à souhait, car, en approchant d'*Aix*, le centre renommé de l'huile fine, il vit tout un groupe de jeunes gens, garçons et filles, occupés à faire cette cueillette

avec une grâce toute provençale.

— Tiens! s'exclama-t-il, je croyais les olives vertes, celles-ci sont noires.

— C'est, répondit Marcel, qu'elles sont entièrement mûres et propres à être écrasées pour en extraire l'huile et la matière grasse qui doit servir à la fabrication des savons fins.

— Alors cette industrie des savons est si spéciale à *Marseille*, sans doute parce qu'elle n'est pas loin d'Aix.

— Puis aussi, parce que son port, qui peut contenir 1 200 navires, se prête à un commerce immense.

— Il doit être intéressant à voir.

Disons bien vite que le plaisir dépassa encore l'attente. Cette grande ville, la troisième de France, avec ses rues larges et régulières, son Cours,

LANGUEDOC. PROVENCE. DAUPHINÉ.

sa Cannebière, ses allées, ses promenades et ses beaux monuments, enchanta les jeunes garçons, mais ce qui les impressionna surtout, ce fut le port d'une si grande étendue sur la Méditerranée, aux eaux calmes et bleues.

De Marseille on fit route vers *Toulon*, en suivant le littoral, et le ravissement fut plus grand encore devant cette rade qui est une des plus belles de l'univers. On y voyait manœuvrer un nombre considérable de vaisseaux de guerre : cuirassés, torpilleurs, tous représentant une force écrasante dont la vue donnait presque le frisson.

Le temps était clair et de l'extrémité de la petite presqu'île fermant la rade, on apercevait l'île de Corse, berceau de Napoléon Ier.

En quittant Toulon, Robert désira goûter les prunes de *Brignolles*, les fruits de *Grasse* et sentir ses parfums délicats ; puis, après une apparition dans les délicieuses stations de *Cannes*, de *Nice* et de *Menton*, on remonta les Alpes jusqu'au Dauphiné.

— Oh ! s'écria Marcel, voilà encore une province où tu vas, mon cher Robert, rencontrer des ressources gastronomiques toutes particulières ; tu pourras t'offrir comme dessert les bons nougats de *Montélimar*, son miel, les vins de *Die*, de *Saint-Marcellin*, et surtout ceux du célèbre coteau de l'Ermitage, connu dans le monde entier. Pour compléter, tu ne dédaigneras pas, peut-être, un petit verre de la fameuse liqueur de la Grande Chartreuse, fabriquée avec les plantes de la montagne.

— J'en bois déjà à l'avance.

— Je ne te parle pas des draps, des toiles, des soieries et des gants que l'on fabrique ici.

— Ah oui ! celui qui perfectionna leur coupe a, je crois, sa statue sur une des places de *Grenoble*.

— Jouvin, parfaitement ; il fit tant de bien à leur industrie, que ses compatriotes lui firent le même honneur qu'au célèbre Vaucanson.

— Le père du canard automate, qui prenait du grain avec son bec, le mangeait et le digérait.

— Un certain nombre d'hommes illustres ont vu le jour dans ce pays aussi commercial que pittoresque,

ses curiosités naturelles ont été nom-
mées les *merveilles du Dauphiné.*
Grenoble est, tu le vois, dominée par
des montagnes; pas loin d'elle, sont
les eaux minérales d'*Uriage*, les mines
de fer d'*Allevard*, près desquelles
on trouve le château où naquit
Bayard, le « chevalier sans peur
et sans reproche ». *Embrun*
siège sur un rocher escarpé, au
pied duquel coule la Durance; *Briançon*, place très forte, est
la ville de France la plus haut située
au-dessus du niveau de la mer, et non
loin d'elle, se trouvent deux des pics
les plus élevés du territoire français.

— Il ne ferait pas bon de s'en
laisser dégringoler.

— Les moutons qui y paissent n'y
ont pas peur; on les y emmène par
milliers. Si nous repassions ici dans
deux ou trois mois, alors que les
premiers froids se feront sentir, nous
verrions un curieux spectacle : ces
troupeaux, partis de la Provence au
printemps pour les hauts pâturages, en redescendent alors,
bergère en tête. Celle-ci, montée
sur l'âne qui a porté son bagage
d'été, escortée d'un côté, du bélier qui mène le troupeau,
de l'autre, du chien qui le contient,
elle va tout en chantant, suivant la
vallée de l'Isère, pour regagner son
pays où elle trouvera une famille,
et pour ses bêtes des herbes d'hiver. C'est ce qu'on appelle des *troupeaux transhumants.*

Négligeant la Savoie, qui leur eût fait faire un trop grand détour, les jeunes vélocipédistes arrivèrent dans le Lyonnais.

— Il est impossible, dit Marcel, de ne pas nous arrêter à *Saint-Étienne* ; c'est, paraît-il, une des villes les plus curieuses de France par son double aspect.

En effet, placé dans un coin presque stérile, au milieu d'une nature sauvage, ce pays est devenu, grâce à son industrie houillère et métallurgique, un des endroits les plus peuplés et les plus florissants. C'est une véritable ruche, une fourmilière où plus de cent cinquante mille ouvriers déploient une activité incomparable. Partout les usines fument, les métiers fonctionnent, les wagons chargés roulent sur les rails ou pénètrent dans les souterrains, les gros marteaux-pilons frappent sur d'immenses enclumes ; car, non seulement ce bassin houiller est devenu le plus productif de France, mais les forges de Saint-Étienne sont les plus renommées du monde. On y manie le fer et l'acier de toutes manières, dans l'armurerie, la serrurerie, la quincaillerie, les outils gros et petits.

Dans une vallée où passent une route, une rivière, un canal et un chemin de fer, on fabrique aussi des bouteilles dans de grandes verreries dont les produits sont partout répandus.

Ce n'est pas tout : au milieu de cette population presque souterraine, de ces visages noircis à la poussière de charbon, de ces rues, de ces maisons, de cette boue toujours noires, est une autre branche ouvrière qui travaille la soie, fabrique des rubans les plus variés et les plus élégants qu'on connaisse, des velours, des galons, des lacets, des cordonnets, de la passementerie et du tulle. Peut-on imaginer plus bizarre contraste ?

De Saint-Étienne à *Lyon*, la distance est vite parcourue avec des coursiers aussi dociles que ceux de Marcel et de Robert. Ils furent donc bientôt arrivés dans la seconde ville de France et admirèrent tout d'abord sa charmante situation, en partie sur des collines où s'étagent de jolies habitations et en partie sur les rives du Rhône et de la Saône, dont les deux longs rubans viennent s'y réunir.

Il y a à Lyon de grands faubourgs, de jolies places, de beaux quais, des ponts bien construits, plusieurs ports, d'élégantes places et de remarquables monuments.

Les petits explorateurs parcoururent toute la ville, grimpèrent sur la montagne où est bâtie la chapelle de Notre-Dame de Fourvières, d'où la vue s'étend jusqu'aux Alpes, après s'être arrêtée sur quantité de petits villages semés çà et là sur les coteaux, dans de riches campagnes.

En traversant la ville, Robert, toujours observateur, dit à son frère :

— C'est assez bizarre que la ville de Lyon ait élevé une statue à un simple mécanicien, Jacquart, ni plus ni moins qu'aux deux grands conquérants : Louis XIV et Napoléon Ier.

— Eh ! mais, répondit Marcel, c'est un conquérant pacifique, celui-là, et qui a, plus que ces souverains, contribué à la fortune de Lyon, puisqu'il est l'inventeur du métier à tisser la soie. Or, Lyon a beau être renommée pour sa chapellerie, sa corroierie, sa passementerie, sa charcuterie, son horlogerie, ses produits chimiques, etc., la grande industrie à laquelle elle doit la place unique qu'elle occupe dans le monde, ce sont ses soieries, ses fabriques d'étoffes et de tissus de soie, employant cent mille ouvriers et produisant des millions.

— Je comprends, dit Robert, les services rendus par Jacquart.

— Les Français ne le comprirent bien que beaucoup d'années après l'invention de Jacquart; et il y avait

LYONNAIS. BOURGOGNE. FRANCHE-COMTÉ.

déjà six ans qu'il était mort, obscur et presque oublié, quand Lyon lui éleva une statue.

— Alors, ce fut une réparation !

Quittant Lyon et suivant la Saône, on entra en Bourgogne par *Mâcon*.

— Patrie de Lamartine, disait Marcel.

— Et du bon vin, répondit Robert.

— Toute la Bourgogne produit du bon vin, riposta l'aîné, et Mâcon seul a donné naissance au grand poète.

Ainsi, tu vas trouver, tant dans le Mâconnais que dans le reste de la Bourgogne, les vins de *Pouilly*, de *Chablis*, d'*Auxerre*, d'*Avallon*, de *Joigny*, de *Tonnerre ;* les crus si recherchés de *Chambertin*, *Pommard*, *Clos-Vougeot*, *Volnay*, la *Romanée*, *Saint-Georges*.

— Tu oublies ceux dont on a fait un jeu de mots en les nommant vite : les vins de Beaune et de Nuits (bonnets de nuit).

— Oh ! que c'est donc malin ! fit Marcel riant.

— Je pense à la prodigieuse récolte de raisin qu'il doit falloir pour alimenter la fabrication de tous ces crus.

— En effet ! c'est, dit-on, un curieux spectacle que celui de cette vendange, alors que Bourguignons et Bourguignonnes se répandent sur les coteaux, pour faire la cueillette en de grands paniers qu'on vient ensuite déverser dans les cuves.

— Ces vendangeurs peuvent se rafraîchir, en grapillant par-ci, par-là ?

— Ils le pourraient, car je ne sache pas qu'on emploie le système du Normand faisant siffler celui qui cueille ses cerises pour être sûr qu'il n'en mangera pas ; mais il paraît que lorsqu'on vit au milieu des choses, même les meilleures, on s'en fatigue et l'estomac ne les désire plus.

— Je comprendrais cela, s'il s'agissait de la moutarde.

— Ah ! je vois que tu penses à *Dijon*, et tu fais bien de ne pas oublier cette aimable ville aux nombreux clochers, qui s'est toujours distinguée par son goût pour les sciences et les lettres, et qui est la patrie de Bossuet et du grand Carnot, surnommé l'organisateur de la victoire, ainsi que d'une foule d'autres grands hommes.

— Sans compter, ajouta Robert, ceux en pain d'épice, qu'elle fabrique tous les jours.

— Décidément, tu ramènes tout à ce qui se met sous la dent.

— Peut-on dire cela ! fit Robert plaisamment, à ce moment même, je songeais que bientôt je serais le garçon le plus exact et le mieux réglé pour ses repas, ayant résolu d'acheter une montre à *Besançon*.

— Il est vrai que cette capitale de la Franche-Comté est réputée pour sa bonne horlogerie ; mais avant de nous y rendre, je voudrais traverser le département du Jura, qui est une sorte de petite Suisse, tant il contient de montagnes, de forêts, de vallons, de pâturages sur les coteaux, permettant

de fabriquer d'excellents fromages.

Là aussi, comme nous le verrons également dans les Vosges, on se livre au travail des bois, au milieu des forêts montagneuses, c'est-à-dire que des scieries hydrauliques taillent en poutres, en bûches, en planches régulières les troncs d'arbres coupés sur les hauteurs, et descendus en-suite au moyen de traîneaux spéciaux. Ceux-ci glissent sur un chemin en pente, sorte d'escalier fait de rondins, où un homme expérimenté a pour mission de conduire et de maintenir le chargement.

C'est ce qu'on nomme le *schlittage*, une des applications les plus ingénieuses qui aient été faites dans l'exploitation des forêts.

Après avoir parcouru la région du Jura, à la fois si riche, si pittoresque et si variée dans son industrie, allant des salines renommées à la fabrication des ouvrages d'ivoire et à la taille des pierres précieuses, les intrépides vélocipédistes vinrent, par *Pontarlier*, le pays du fromage de gruyère, jusqu'au rocher où trône la citadelle de *Besançon*.

Ils admirèrent cette ville forte, si agréablement située, avec ses remarquables églises, ses riches musées et son activité commerciale.

Marcel proclama bientôt que son plus beau titre de gloire était d'avoir donné naissance au grand génie littéraire du siècle : Victor Hugo.

— Tu n'avais garde de l'oublier, s'écria Robert. A mon tour, quand nous serons en Lorraine, je te réclamerai *Domrémy*, où est née Jeanne d'Arc, pour te montrer que je suis aussi patriote.

— C'est dans les Vosges, à côté de *Neufchâteau*. Veux-tu que nous y entrions tout de suite par *Épinal*, la ville des images?

— Non ! non ! dit Robert, prenant un air plus grave, quand nous serons en Lorraine il faudra en même temps visiter l'Alsace, et je crains que nos regrets ne nous empêchent ensuite de savourer les délicieux produits de la Champagne. Si tu voulais, nous ferions maintenant notre petite incursion dans cette province pour la traverser rapidement quand nous rentrerons à Paris.

— A ton aise, je ne veux pas que tu manges à contre-cœur la charcuterie de *Troyes*, ni que tu te sentes coiffé d'un de ses *casques à mèche* pour achever ton voyage.

— Les vins mousseux d'*Epernay* et de *Reims*, dit encore Robert, stimuleront notre courage pour affronter la vue des usurpateurs de l'Alsace.

— Je voudrais voir, dit le cadet, un de ces grands chais où l'on manipule et emmagasine le précieux vin.

— On dit que c'est curieux : quel-

ques–uns ont des voûtes aussi éle-
vées qu'une église souterraine, des
rails y sont établis avec des wagon-
nets conduisant les caisses de bouteilles qu'on a emballées, après les
avoir ficelées de façon à contenir
l'ardeur toujours vive de ce jus
de raisin fermenté.

— Tu m'as dit qu'on fabriquait
aussi des lainages à
Reims ?

— Je crois bien ! il
n'est pas de ville où ce
genre d'industrie soit
plus développé. On
estime sa production
à 80 millions par an, occupant plus
de cent mille ouvriers. La laine qui
arrive d'Amérique ou d'Australie,
telle qu'elle a été prise sur les moutons, est, à Reims, tirée, lavée, cardée,
peignée, filée, tissée, teinte et ap-
prêtée.

— Je comprends que cela néces-
site un grand nombre d'ateliers.

— Sais-tu bien, dit tout à coup
Marcel à son frère, que tu fais des
progrès ? Tu te laisses entretenir d'une
industrie manufacturière sans m'in-
terrompre pour me réclamer du
pain d'épice ou ·· s biscuits que tu
sais en si grande réputation dans
cette ville.

— Sans doute, répondit Robert,
parce que je trouve ici des souvenirs imposants. Tu as appris à mon
imagination à les évoquer ; et il me
semble, en face de cette belle cathédrale, que je vois dé-
filer tous les rois de
France qui sont venus
s'y faire sacrer.

— A la bonne heure !
fit Marcel, j'aime ces
pensées, elles font hon-
neur à tes études ; et je vois que tu
te rappelleras sans ennui que la Champagne est la patrie de Turenne.

— Je me dirai surtout qu'il aurait
fallu quelques capitaines de sa trempe
pour conjurer les malheurs de 1870-71.

— Hélas ! nous allons encore plus
les regretter. Déjà nous touchons aux
régions qui ont eu tant à souffrir
de l'envahissement des armées alle-
mandes. Encore ici, le mal a pu être
en partie réparé : nous venons de voir
Reims florissante, voici *Châlons-sur-*

CHAMPAGNE. LORRAINE. ALSACE.

Marne, avec son École des arts et métiers, demain nous pourrons manger des dragées qu'on fabrique toujours à *Verdun* ; puis nous verrons *Lunéville*, avec son château des anciens ducs de Lorraine, resté debout ; et, à peu de distance, la célèbre cristallerie de *Baccarat* qui n'a pas cessé de nous appartenir ; enfin, nous entrerons à *Nancy* dont le nombre des habitants a été presque doublé depuis la guerre par les émigrants de l'Alsace-Lorraine qui sont venus s'y établir.

Les deux frères trouvèrent Nancy une très intéressante cité ; car, malgré sa division en *vieille ville* et *ville neuve*, il y existe un enchaînement si heureux d'édifices et de promenades, qu'il est impossible de n'en pas admirer l'harmonieuse disposition. Ses portes y sont des arcs de triomphe, ses fontaines des merveilles.

La place Stanislas est réputée unique au monde, avec son magnifique hôtel de ville du xviiie siècle, adossé au Palais du Gouvernement et qui termine la perspective de la Carrière, encadrée de portiques et clôturée par un arc de triomphe du plus gracieux effet. De cette place, on aperçoit encore la basilique de Saint-Epvre, chef-d'œuvre d'architecture gothique. C'est une sorte de reliquaire renfermant des œuvres artistiques merveilleuses, offertes par d'éminents personnages : évêques, ducs, empereurs ou rois, et qui frappe d'admiration

tous les visiteurs. On raconta aux
jeunes voyageurs que cette œuvre
colossale, terminée seulement au moment de la guerre, est due à la per-
sévérance de l'abbé Trouillet dont la
statue s'élève auprès de l'édifice.

Il dépensa, paraît-il, plus de trente
millions, sans posséder par lui-même
aucune fortune.

L'intention des bicyclistes était,
après la Lorraine, de parcourir l'Alsace pour bien marquer qu'elle restait
française dans leur cœur et devait
alors faire partie de leur tour de
France. Ils voulurent donc aller saluer
la valeureuse cité de *Strasbourg* et
sa cathédrale, l'une des plus belles
de l'Europe, par son architecture,
par sa flèche qui en fait le monument
religieux le plus élevé du globe.

Robert avait dit à l'avance qu'il
ne se gênerait pas pour goûter, sur
place, à quelque délicieux pâté de
foie gras, en l'arrosant de la bière
si renommée ; mais, quand il se vit
sur une de ces places où flottait le
drapeau à l'aigle noire, son cœur

se serra et son estomac fut fermé.

Une circonstance vint encore aug-
menter cette émotion.

Dans un coin écarté où les deux
frères s'étaient réfugiés, plusieurs
adolescents, un bâton de voyage à
la main et le paquet sur l'épaule,
faisaient leurs adieux à leurs sœurs
ou à leurs amies qui cherchaient en
vain à cacher leurs pleurs, tout en
leur souhaitant bon courage.

— Tu vois, dit Marcel, à son
frère, ceux-là ne veulent pas subir
l'odieux joug allemand ; ils vont
retrouver la France, au risque d'y
rencontrer la misère, afin de servir
un jour sous le drapeau de cette
vaillante patrie.

— Ce sont de braves cœurs, s'é-
cria Robert dans un élan de patrio-
tisme. Viens, frère, imitons-les ; on
ne respire pas à l'aise ici, tout y
sent l'oppression.

— Oui, dit Marcel, quittons cette
belle Alsace, mais avec l'espoir d'y
revenir un jour en vainqueurs.
Strasbourg, au revoir !...

CORBEIL. — Imprimerie E. CRÉTÉ.

www.ingramcontent.com/pod-product-compliance
Ingram Content Group UK Ltd.
Pitfield, Milton Keynes, MK11 3LW, UK
UKHW021150140726
13695UKWH00005B/2043